D1384605

Atheneum Books for Young Readers
An imprint of Simon & Schuster Children's
Publishing Division
1230 Avenue of the Americas
New York, New York 10020

Text copyright © 1995 by Joanne Ryder
Illustrations copyright © 1995 by Jo Ellen McAllister-Stammen
Translation copyright © 1995 by Simon & Schuster Children's Publishing Division

All rights reserved including the right of
reproduction in whole or in part in any form.

The text of this book is set in Bookman Light.
The illustrations are rendered in colored pencil.
Printed in the United States of America
10   9   8   7   6   5   4   3   2   1
ISBN 0–689–31982–7
Library of Congress Catalog Card Number: 94–71328

Para Gretchen Staas,
quien presiente los animales por ahí
—J. R.

Para mi hijo Timothy,
a quien le encantan los osos
—J. M. S.

Hay osos por ahí.
Los puedo sentir.

Están dormidos en el bosque,
acurrucados, suaves y oscuros.
Acostados bajo las ramas
que cuelgan de altos árboles,
hay grandes osos,
bostezando, parpadeando
y estirándose
como yo.

Hay osos
que se despiertan temprano
cuando aún no ha amanecido,
sacudiéndose la tierra
y las hojas caídas
de su abrigo peludo.
Osos envueltos en su piel,
como yo en mis mantas,
sienten la frescura de la mañana,
y escuchan el viento en los árboles.

Hay osos por ahí
husmeando el aire,
husmeando la tierra,
buscando comida,
hierba fresca, raíces sabrosas
Osos hambrientos
que husmean y escuchan
y siguen un zumbido
que los conduce
a las cosas dulces.
Los osos en el bosque
desayunan también,
lamiendo sus garras
llenas de miel.

Hay senderos
en el bosque,
senderos sin nombre
que los osos saben de memoria,
caminos polvorientos
llenos de huellas
grandes y anchas.
Los osos tienen sus senderos
de aquí para allá
como yo tengo los míos.

Por estos senderos,
hay osos
que se mueven despacio,
estirándose mucho
para tocar una rama
que antes no alcanzaban.
Hay osos altos,
que crecen
y se hacen fuertes
como yo.

Allá en el agua,
los acalorados
y polvorientos osos
chapotean y salpican.
Los más grandes cogen peces
con sus mandíbulas fuertes y ágiles.
Y los osos oscuros y mojados
nadan río arriba
formando grandes olas
al deslizarse en el agua fresca.
¡Ahhhh!

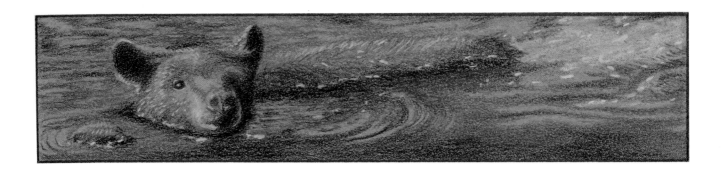

Hay osos
en las partes soleadas,
mojados y despeinados
se sacuden el agua
de su gruesa melena.
Cierran los ojos
y sienten
que el sol
los seca
y los calienta
como a mí.

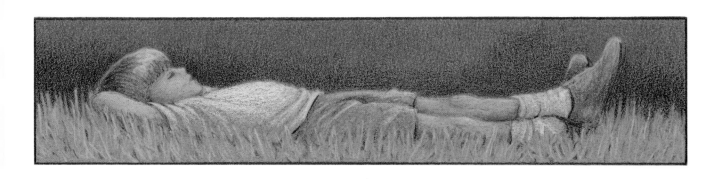

Al mediodía se ponen
más lentos los osos
y algunos hallan un lugar silencioso
para el descanso.
A la hora más caliente del día
hay osos sentados en el lodo fresco,
acostados en la hierba suave,
durmiendo solitarios
a la sombra de los árboles
y soñando sus propios sueños.

En los pastos,
hay ositos escondidos,
dando volteretas y retozones.
Su mamá los vigila
con una mirada
y en voz baja los llama
o les gruñe una advertencia.

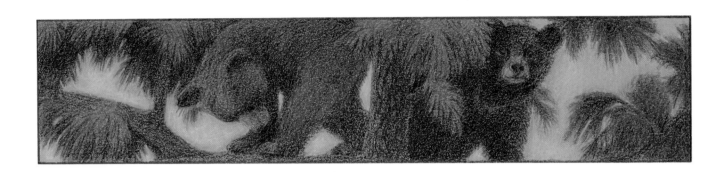

Guau, guau.
¡Cuidado, peligro!
Los ositos huyen
a los árboles cercanos.
Sus afiladas garras
se aferran a las cortezas
al trepar los árboles.
Acurrucados en las ramas
los ositos se ocultan en la sombra
hasta que su mamá los llama
y a su lado corren.

Ella los conduce
a los arbustos cargados
de moras.
Hay osos por ahí,
que comen y comen
hasta que sus lenguas rosadas
se vuelven oscuras.
Puedo sentirlos,
osos con caras pegajosas,
gordos y repletos
de dulzura.

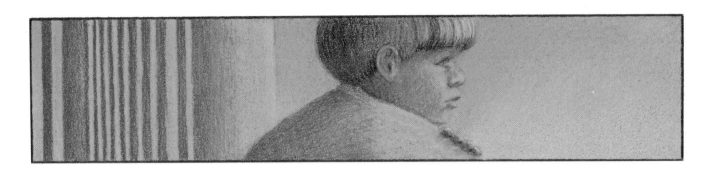

En el bosque profundo
los osos beben
en los arroyos,
mordisquean las hojitas,
se restriegan las espaldas
contra los árboles.
Osos hambrientos y osos somnolientos,
sienten la frescura de la noche,
contemplan el mundo
ya casi oscuro
como lo hago yo.

Bajo la luna,
hay osos de pies planos
que caminan suavemente
en silencio por la noche.
Sentado en el pórtico
miro las estrellas y siento
a los osos, negros
en los negros bosques.
Me alegro de
que haya osos por ahí.
Me alegro de
que pueda sentirlos.

Oigo el ruido de la puerta
cuando Papá viene a buscarme.
—¿Qué estás mirando? —pregunta.
—Sólo la noche —respondo—.
Hay osos por ahí, Papá.
—Ajá —contesta.
Y nos paramos bajo la luz de la entrada
uno junto al otro observando, escuchando,
sintiendo el andar de los osos
que son parte del profundo, negro bosque.